KB079771

무의탁 못

무의탁 못

이 경 옥 시조집

이미지북

시인의 말

詩는   나의   든든한   친구다.

죽고 못 사는 연인이라기보다는
은근히 정들고 묵묵히 동행해 온
이 십   년   지 기 이 다 .

나의   중심에   시를   두고
스스로를 부추기고 다독인 세월
출중하거나   돋보이지   않으면
어   떠   랴   ?

있 는   그 대 로 의   모 습 으 로
세상과   따뜻이   만나련다.

2017년 3월
이 경 옥

무의탁 못

제3부| 다시 말을 벼리다

제4부 | 내 남자의 바다

제 5 부 |　　두 벌　　꽃

제 1 부

늦꽃을 위하여

굳은살에게

생살을 파고들며 할퀴고 들쑤셔도
덧나다 아물다가 끝내는 그치겠지

아파도 그저 아픈 양

사는 게 다 그런 양

담담히 끌어안고 길들이 듯 품은 상처
행간에 숨어 있는 천 근 육필 책이련만

펼쳐도 읽을 수 없네

저 한 권의 굳은살

즐거운 전원

내 옷이 아닌 듯해 언제든지 벗고 싶어
앉은 듯 서서 살던 휘황한 불빛 도시
드디어 홀홀 떨치고
자연으로 돌아왔다

텃밭 새 식구 들인 상추 쑥갓 오이들과
있는 정 없는 정을 서로 주고받다 보면
소낙비 달음질치는
달짝지근 짧은 하루

마당귀 솔 몇 그루 바람 소리 데불고 와
누군가 화폭 삼아 산수화 치는 밤엔
어느 새 화선지 위에
묵란墨蘭 몇 촉 자란다

불혹 유감

팍팍한 서른 건널 적엔 사십을 기대했다
그 때쯤 생의 한낮은 구름을 활짝 걷고
꽃밭에 벌나비 찾는
봄날이 올 줄 알고

어느 결 마흔 능선 굽이굽이 부는 바람
유혹을 물리칠 나이 그 또한 빈말이 듯
여전히 흔들리면서
혹하는 것 많더라

칸칸이 다 채워도 선뜻 내밀 곳 없는
먹먹한 이 이력을 고쳐 쓸 수 있다면
흐릿한 이름 석 자도
명징하게 세울 것을

단벌을 리폼하다

옷 한 벌 차려입고 반 백 년을 살았으니
허름할 만도 하지, 실밥 터지기 예사이지
의례히 그런 거라고
대수롭잖게 여기다가

난감한 지경에야 서둘러서 수습한다
한사코 버틸 수도 성급히 벗을 수도 없는
무명의 목숨 한 벌을
새로 짓고 다시 입다

외곬

빌려 입은 옷처럼 어색하고 태 안 나도
여벌 없는 앞가림인 양 선택의 여지 없이

뻑뻑한 스무 살 단추
묵묵히 끼웠었다

홀홀히 벗지 못해 절도록 입은 남루
지천명 나이를 물고 눈시울이 붉어라

땀 냄새 속속들이 밴
내 단벌의 오랜 궤적

늦꽃을 위하여

이차저차
어쩌다가
좋은 때는
놓쳤지만

조바심
내지 말고
느긋하게
필 일이다

어차피
한 번 피는 거
좀 늦은들
어떠랴

자화상

아마도 내 전생은 소나 말이었으리
건초의 질긴 일상 꾸역꾸역 삼키면서
야성에 코뚜레 꿰고
재갈 물린 생이었다

우직하게 걸으며 앞만 보고 달려온 길
팍팍하고 고단해도 더 높이 조금만 더
온몸을 채찍질하고
마음을 닦달했다

허리띠 질끈 매고 뼈마디 세워 가며
숨 턱턱 막히도록 박음질한 시간들이
회한의 고갯마루에
바람꽃으로 피었다

얼굴 자서전을 읽다

한 여자 거울 앞에서 자서전을 읽고 있다
눈길 가는 문장마다 주름 밑줄 그어 놓고
땀내가 물씬한 세월
행간이 젖어 있다

어지간히 속이 썩고 애간장 끓였나보다
아프고 고달픈 날들 참아 내고 삭히느라
쟁이고 꽁꽁 말아 둔
속엣말도 많았나보다

태산 같은 할 말을 또박또박 써 내리다
비워 둔 페이지는 난감한 느낌표다
서문도 발문도 없는
진행형의 민낯 한 권

밥배

날마다 따신 밥을 먹고 싶은 열망으로
우여곡절 다 겪으며 차지한 밥 한 그릇
지천명 훌쩍 넘도록
애지중지 품은 나

고기로 배 채워도 밥배는 따로 고파
고슬고슬 밥의 미혹 상기도 못 떨치고
기어이 한 술 뜨고야
물러앉은 밥상머리

어쩌다 밥 거르면 축 처지고 잠도 안 와
떼려야 뗄 수 없는 밥과의 찐득한 관계
괜찮다, 아프고 서러워도
여태 밥배 안 곯아

다이어트에 대한 변명

관능적은 아니지만 봐 줄만은 하다가
위아래 경계 없이 두루뭉술 난감해진
뱃살을 움켜쥐고서
결행한 다이어트

'적게 먹고 움직여라' 철칙을 앞에 두고
온갖 핑계 갖다 대며 식탐으로 흔들리다
타고난 체질 탓하며
넉살 좋게 웃는다

아뿔사! 이 나이에 억지 묘책을 찾느니
가벼움 벗어던지고 중후한 티를 낼까?
먼지도 반백년 쌓이면
제 무게를 갖는 법

잊혀진 계절

추수 끝난 배추밭에 늙수레한 민달팽이
갈 때를 놓쳤는지 갈 곳을 잃었는지
껍딱지 눌어붙은 듯
미동조차 않는다

황량한 이 벌판에서 몇 날을 더 버티랴
삭은 고무줄 같은 명줄 근근이 부여잡고
자존을 잊어버린 채
내팽겨진 저 생존

달아오른 연탄불처럼 뜨겁던 한 생애가
햇살 수의를 걸치고 천천히 식어간다
닦아도 빛나지 않는
이름 석 자 지우며

치과 터미네이터

시방 나는 포로다, 무장을 해제 당한
차가운 금속성의 첨단 의료 장비들이
입 속을 들락날락하며
한껏 나를 능멸한다

무너진 철옹성마냥 헤 벌린 입 속에서
잇몸 헤집는 핀셋 치석 깨는 스케일러
살점을 헤집고 들며
집게가 파고든다

인공지능에 압도 당한 가엾은 내 육체의
가위눌린 치아들이 식은땀 흘리는 사이
오늘은 '공포'라 쓰고
터미네이터라 읽는다

병상에서

고삐를 당겨 쥐고 채찍으로 다그치며
고픈 배 고픈 잠을 예사로 갈취하여
필생을 함부로 부린
미련한 소였던가

소독내 풀풀 나는 병상에 드러누워
지문 같은 제 이력 찬찬히 되새김질하며
실험실 개구리 되어
눈꺼풀만 껌벅인다

통증이 경고 사격하듯 전신을 들쑤셔도
아무 일 없다는 듯 눈이 펑펑 내리는 날
늑골에 서걱거리는
모래 한 입 씹는다

암, 수술을 하다

함부로 쓴 오장육부 오늘도 안녕할까
은밀하게 잠입하여 목숨을 훔쳐 낸 놈

용케도 붙잡고 보니
악명 높은 범법자다

드러난 정황 말고 캘 여죄 더 없을까
쥐 잡듯 취조하며 그 행적을 추적한다

불거진 한 점 의혹을
파헤치는 중이다

어떤 구조조정

벽 앞에서

저것은
직벽이다
차갑고
삼엄한 경계

꿈에도
허물기 힘든
단단한
현실 두고

온전히
문을 여는 법
그 단서를
찾으란다

그놈

웃겼다 울렸다가 사람 실컷 가지고 놀다
매달려 애원해도 뒤 한 번 안 돌아보고
매몰찬 바람 날리며
제 갈 길을 가는 놈

한 곳에 머물기보단 돌아치기 좋아해서
여저기 집적대며 들었다가 메어치다
예사로 갑질을 하는
치사하고 더러운 놈

때로는 눈멀거나 한눈을 잘 팔기도 해
검은 손과 죽이 맞아 얼렁뚱땅 의기투합
함부로 몸 굴리느라
구린내를 풍기는 놈

놈에 너무 집착하면 속물로 취급받고
무작정 멀리하면 궁색해 보일까 봐
적당히 밀당해야 할
웬수 같은 그놈, 돈

갓끈놀이
－인사 청문회를 보며

의사당은
왈가왈부
갓끈놀이 한창이다

구설에 휘말린 갓
찢겨지고
벗겨질 때

철 지난
매미 소리는
군자의 길
강론 중

그 겨울, 구제역 한파

악마의 지령 같은 혹은 모스 부호 같은
유령의 바이러스 소 몇 마리 훔치더니
혹한의 경계망 뚫고
한반도를 점령했다

완벽한 씨황소가 쿨룩쿨룩 주저앉고
피 한 방울 안 섞인 돼지 염소 사슴까지
발가락 얼추 닮은 죄로
줄초상을 당했다

몇 년의 목숨 값에 넋을 놓은 초로의 눈
한낮의 워낭 소리 십자가를 매달고서
골고다 언덕으로 간
저 예수의 행렬들

어떤 구조조정

거울 과수원에 구조조정 한창이다
실한 열매 맺기 위해 수세樹勢를 조절하며
부실한 나뭇가지를
가차 없이 잘라낸다

영문도 모르는 채 해고 당한 가지들은
적당히 분류되어 쓰임새를 찾아가고
뿌리는 생존을 위해
땅 속 깊이 발 뻗는다

칼바람 마주한 채 중심을 꼿꼿이 잡고
생살 도려 낸 환부 환골탈태로 아물리는
과원의 통과의례는
거울에도 뜨겁다

무의탁 못

땔감으로 부려 놓은 폐자재 서까래에
뒤틀린 대못 하나 불편하게 박혀 있다
녹슬은 시간에 기대어
항변도 변명도 않고

대들보 깊숙이 박혀 안착하지 못한 죄로
땔감에 휩쓸리어 노숙으로 뒤척이다
수습할 시신도 없이
잿불 속에 파묻힐까

꼿꼿함 잃은 순간 못은 못이 아니라서
뒤집기 한판은커녕 명함도 못 내밀고
내쳐져 한데로 내몰린
무의탁의 저 은유

봄날의 꽃상여

소복한 찔레꽃이 목 놓는 황톳길에
춤추 듯 흔들리며 꽃상여 지나간다
열리는
하늘 길 뒤로
봄빛들이 뒤따른다

고단한 이승 냉골 비로소 뒤로 하고
어느 누가 볕 잘드는 청산으로 가시는가
떼잔디
이불을 덥고
부디 편히 잠들라

견문발검 見蚊拔劍

무방비 맨살 위에 모기의 폭침이다
하찮은 미물 따위에 당한 게 너무 분해

본때를 보여주리라
반격에 돌입한다

"요놈을 당장"하며 살충제를 분사하자
비행 중 요격 당한 사체들이 추락한다

이 우쭐, 무엇이더냐?
정의와 힘 사이의

잡초에게

볼수록 가관이네
암팡지고 발칙한 년

쇠똥도 안 마른 것이
뿔난 엉덩이 치켜들고

앞뒤를
분간 못한 채
씨부터 내지른다

감정노동자

태양이 빛날수록 그림자 길어지듯
그 어디 그늘 없는 세상이 또 있나요

만발한
웃음꽃 안에
울음 가득 담긴 걸요

움켜쥔 숟가락을 온몸으로 어르면서
치이고 구겨져도 방긋방긋 웃지요

씨방에
눈물 그렁한데
향기까지 품으라뇨?

길고양이

화면 속 카메라가 길고양이 따라간다
책가방 던져 놓고 문지방 박차고 나와
뒷골목
서성거리며
또래 찾는 꽃소녀

하룻밤 잠자리와 입치레할 곳을 찾아
포도 위 어슬렁대며 핏자국을 찍는다
앞세운
촉법 소년이
만취 행인 뒤쫓고

집과 부모 허울이듯 매정하게 떨쳐 내고
길잠에 길들이며 끼리끼리 엉켜 붙은
저 천애
잿빛 속울음
뼛속까지 짠하다

칼질, 아서라

연필을 깎을 무렵 난생 처음 칼을 잡고

방심한 무심결에 손가락을 베이면서

아서라, 위험하단 걸

은연중에 알았다

삿대질에 갑질까지 별의별 질 다 있지만

칼질에 베이고 찔리면 물이라도 아픈 것

그 칼끝 제 안을 겨눌 때

중심 꼿꼿이 서는 것도

시간을 청소하다

지금은 무엇보다 정리정돈이 절실한 때
훌훌히 남루 벗고 새 옷으로 갈아입듯
익숙한 모든 것들과
단호히 결별하는

인생은 모두가 초행, 아무도 모르는 길
그 길에 시간 쟁이고 쌓는 것이 생이라면
묵은 때 빡빡 밀어내듯
시간을 대청소 할 것

지금은 주행 중

무작정 앞만 보고 달려온 주행 길에

꼬리 문 차량들이 상향등 치켜들고

경적을 울려대면서 머리부터 디민다

서로 다른 셈법으로 계산하며 사는 세상

각각의 차선 긋고 지우고는 다시 긋는

그 와중 차선 무시하고 펄펄 날 듯 앞서는 이

과속 단속 카메라

뻥 뚫린 길이라고 함부로 달리지 말 것
아차, 방심한 찰나 레이더에 걸러들면
필살기
후레쉬가 퍽!
작살처럼 꽂힐 터

순간 포착의 명수 그가 눈을 부릅뜨면
잘나가는 어깨들도 주눅들어 슬슬 기는
도로 위
판관 포청천
그 눈빛이 형형하다

다시 말을 벼리다

씨간장을 비우며

어릴 적 장독대는 반질반질 윤이 났다
삶아 빤 무명 행주 몇 번씩 헹구고 짜서
나비잠 아기 얼굴 씻기듯
닦고 닦던 울 엄마

가시 범접할세라 내림 장맛 간수하며
묵은장 햇장 가려 볕 쬐기 바람 쐬기
한 쪽박 들어낸 자리
꼭 꼭 눌러 메우셨다

옛 생각이 그렁그렁 장물로 고인 장독
울 엄마 맵짠 생애를 고스란히 비운다
가슴을 바스락대며
소금꽃이 이운다

오래된 사진

날마다 세수하고 거울을 들여다봐도
오늘이 어제 같고 어제가 그제 같은
잊고 산 그 와중에도
추억 집을 지었구나

한순간 정물로 담긴 표정과 몸짓들이
지난날 강을 지나 바다로 흘러들어
아득한 갈매 빛 꿈이
넛살처럼 번진다

표 안 나게 무뎌지고 닳아 가는 목숨 둘레
민들레 홀씨로 날린 사진 속 인연들이
때늦은 안부 전하듯
눈인사를 건넌다

장날 풍경

닷새마다 문을 여는 무뚝뚝한 장터에

들을 캐고 바다 건져 모여든 사람들이

한바탕 어우러지며 좌판을 펴고 있다

잘 삭은 노란 콩잎과 등푸른 고등어가

어깨를 마주하며 통성명을 하는 사이

배달 간 마수걸이 국밥 빈 그릇이 돌아오고

푸른 땀 펄럭이는 열무 몇 단 떨이하고

고등어 한 손 사서 귀가하는 저녁 무렵

두레상 푸지게 차린 노을이 얼큰하다

다시 말을 벼리다

꿈에도 풀지 못한 속엣말이 있었네
사유의 등을 밝혀 가까스로 틔운 말문
몇 마디 떠듬거리다
목젖에 잠기었네

파지 속 묻혀 버린 소심한 문장이여
내뱉지 못한 채로 녹슬고 날 무뎌져
획 하나 긋지 못한 채
어둠 속에 갇혔는가

재가 된 불씨 살려 늦은 시촉詩燭 밝혀 놓고
자물린 자화상을 죽비로 내려치며
한 소절 절창을 위해
어문 말을 벼리네

엄마의 조각보

호롱불 심지 돋워 반짇고리 벗을 삼고
애증을 잘라내고 편편 애환 잇고 깁던
결 고운 조선 여인의
속눈물만
같아라

바늘과 눈썰미가 수화로 소통하며
선과 색 황금 비율로 올올 꿰맨 한 땀 한 땀
그 궤적 곧고 반듯한
울 엄마의
조각보

메주, 장으로 익다

정결한 물과 소금 말씀처럼 품은 메주
가을볕 불러 놓고 안거에 들었는가
날것의 제 몸 허물어
적멸의 집 짓는다

속속들이 허물어지고 하심下心으로 곰삭아서
마침내 해탈한 듯 다섯 덕德*을 차려입고
장으로 익어간 시간
맨밥조차 맛깔지다

* 다섯 가지 덕(五德) : 된장의 속성을 일컫는 것으로 다른 식자재
와 섞여도 고유의 맛을 잃지 않는 단심丹心, 세월이 흘러도 변치
않고 오히려 오래 묵을수록 그윽하고 깊은 맛을 내는 항심恒心, 각
종 병을 유발시키는 기름기를 없애주는 무심無心, 매운맛·독한
맛·비린 맛 등을 제거하거나 부드럽게 만들어 주는 선심善心, 어떤
음식과도 잘 어울려 조화를 이룰 줄 아는 화심和心.

철없는 민박집

산굽이 돌고 돌아 한적한 산골 마을
뜬금없는 팻말 하나 우두커니 서 있다
삐뚤체 손글씨로 쓴
그 '철없는 민박집'

이 길을 지나다가 하룻밤 묵고 싶으면
사립문 밀고 들어와 방 한 칸 내달래도
선선히 비워 줄 것 같은
그 '철없는 민박집'

사람 정 느끼고파 사람 냄새 맡고파서
횅한 방 아랫목을 몇 번이나 쓸고 닦는
노모님, 주름 목 같은
그 '철없는 민박집'

사는 법

천지간 날벼락 치고 사는 게 지뢰밭인
비바람에 덜컹대며 더 얇아진 밤을 베고
꽃잠에 들지 못하여
뒤척이는 사람아

보게나, 저 산비탈 늘 푸른 소나무는
하늘을 움켜쥐고 바위 틈 비집고 서서
비바람 다 품어 안고
우렁우렁 자라는 거

사는 건 저 라싸의 오체투지 순례의 길
사막을 건너가는 외로운 낙타처럼
소소풀 질겅거리며
푸르게 숨 고르는

봄, 타다

봄빛에 휘둘리어
넋을 놓는
한나절

먼 산의 뻐꾹새가
뻐꾹 뻐꾹
혀를 차며

아서라, 청승 그만 떨고
하던 일이나
하란다

고추를 말리며

짧은 가을볕 아래 홍고추를 말린다
풋내를 뒤척이며 켜켜로 쌓은 습기
바람에 포쇄를 하며
덜어내고 털어낸다

한생의 진술서를 며칠 동안 쓰고 있다
희아리 짓무른 것 도려내고 골라내며
제 빛깔 스스로 낼 때
마침표를 찍게 될까

밍밍한 생의 한낮 칼칼하게 건너갈 때
조바심 내던 뱃속 비로소 환해지리
매운 결 오지게 채우고
벌떡, 문장이 선다

집 허물기

내 안에 철옹성 같은 집 한 채 있었다
오만의 기둥 세워 이기의 지붕을 덮고
편견의 쪽문을 내고
아집을 자물통 채운

보태기 곱하기로 넓히고 높이면서
채울 것 더 찾느라 더 빨리 달려가며
자만의 이불을 덮고
허황된 꿈을 꿨다

기고만장 치솟은 집, 미련 없이 다 허문다
창과 지붕 뜯어내고 기둥마저 뽑은 자리
선경의 바람집 한 채
풍경으로 들앉았다

전쟁과 평화

화성에서 온 소갈머리 없는 한 여자와
금성에서 온 주변머리 없는 한 남자가
혀끝을 서로 겨루며
아옹다옹 다투다가
밀리면 끝장이고 꺾이면 죽는 줄 알고
쥐뿔 개뿔 치켜들던 자존심 내려놓고
살갑게 한 이불 덮고
참기름을 치다가

동행

꾸부정 할머니가 유모차를 밀고 간다

손주가 되 물려준 네발 안전 지팡이를

행여나 넘어질까 봐

꼭 붙잡고 걷는다

아기 걸음 할머니와 녹이 슨 유모차가

해가 긴 생의 골목길 그림자를 끌고 간다

알싸한 젖 냄새가 밴

풍경을 흔들면서

꽃갈비를 굽다

달궈진 숯불 위에 소 한 쟁반 누웠다

마블링 고운 육화 만다라로 피워 놓고

왕성한

식욕 앞에서

육보시를 하고 있다

화염 속 자글자글 다비식을 치른다

뭉긋이 뒤척이며 쏟아 내는 붉은 말씀

무엄타,

맛의 호사가

혀에 착착 감기는

제 4 부

내 남자의 바다

그 섬의 안부를 묻다

내 뼈를 묻을 곳이 '여기다' 싶다가도
불편한 몇 가지가 가시처럼 맘에 걸려
앉은 듯 엉거주춤하게
서서 살던 그 섬에는

바람도 돌아온 배도 떠나려는 것뿐이었다
정 나누던 이웃들 하나 둘 뭍으로 가고
기어이 나도 떠났다
오래 전 그 곳에서

뱃머리 손 흔들며 말없이 외치던 말
"가거라, 가거든 돌아오지 말아라"
붙박이 그 옛사람들
지금도 잘 사는지

물맛을 알다

당신은 물 같은 사람
무색 무미의 사람
쥐는 것 싫어하고 쌓는 것 마다하며
아래로 더 낮은 곳으로만
기울이고 쏠리는

당신은 물 같은 사람
뼈도 다 버린 사람
물에 물을 탄 듯 술에 술 탄 듯해도
심중이 태산을 잠근
해저처럼 넓고 깊은

당신은 물 같은 사람
죽어서도 물 같은 사람
천둥 삼킨 폭포이거나 하늘 겨누는 분수 말고
여름날 가슴 뻥 뚫어 주는
한 사발 맹물 같은

곡선을 품다

지천명 마루에서 곡선을 품으리라
엣지 있던 얼굴선 잘록하던 허리둘레
위아래 경계 지우며
두루뭉술 살고 싶다

천불을 끌어안고 온전하게 저를 태워
단단히 소성이 된 천 년의 달항아리처럼
매듭도 티끌도 없이
뒤태마저 매끈하게

예각을 깎아 내고 모난 곳 둥글리며
열어젖힌 가슴과 뱃살 같은 넉살로
열두 폭 오지랖 펼쳐
둥글게 세상 껴안는

꽃샘추위

간다 간다
하면서도
아이 셋을
낳은 년

묵은 정
다 훔쳐 내
밤길 도와
내빼 놓고

새 식구
들이는 참에
시샘하는
이 앙탈

내 남자의 바다

내 남자 몸 속에는 바다가 숨어 산다
밤이면 슬그머니 출몰하는 그 바다는
사나운 파도 부리며
몇 평 방을 출렁인다

절정으로 달아올라 파도와 몸 섞는 남자
크르렁 크르르륵 드르렁 드르르르
거칠게 요동치면서
침상을 마구 뒹군다

안태섬 떠나올 때 다 버린 줄 알았는데
여태껏 바다를 품고 사무치게 앓는 걸까
세월이 더해갈수록
깊어지는 몽유여

담쟁이넝쿨

벽이 앞을 막는다고 허투루 말을 하랴

주저하고 거부할 땐 허공마저 완고하고

기꺼이 맞닥뜨리면
철옹성도 허울일 뿐

바람 밭에 발 뻗으며 벼랑을 딛고 올라

한생을 우거지고 뼈대로 남은 담쟁이에게

저 벽은 숙명이었고
그 숙명은 길이었다

여우비

뜬금없이 왔다가는

황망하게 떠나갔네

후두둑 소낙비처럼

가슴에 빗금 긋고

잡지도 놓지도 못한

신기루 그 사랑은

가파도 혹은 마라도

내 돈을
떼먹은 자여
먼 섬으로 도망쳐라

부디 꼭꼭 숨어라
머리카락조차 안 뵈는 곳

빚진 돈
갚아도 말아도 될
가파도나 마라도 쯤

자물통 바다

섬사람은 말하지 않아도 모두 다 안다
햇살에 반짝이는 모래알이 삶이란 걸
인생사 철썩이다가
부서지는 파도라는 걸

그래서 풀꽃처럼 서로 어깨 낮추며
문 활짝 열어젖히고 마음 열고 살아간다
탐하여 훔칠 것 없고
잃어 아까울 것 없다고

설령 죄를 짓고 야반도주 할라치면
퍼렇게 눈 뜬 바다가 자물통을 채운다
잔잔한 파도를 깨워
집채처럼 일으키며

청둥오리 미생

두 눈에 다 넣어도 안 아픈 아들 있다
그 녀석 훌쩍 자라 청년이 되었지만
거죽만 번지르르한
청둥오리 미생이다

칸막이 고시원을 희망의 터전 삼아
삼 시 세끼 컵밥으로 허기를 면해 가며
완생의 그 날을 위해
날을 갈고 세운다

퇴화된 독수리마냥 박차고 날지 못해
눈앞의 먹잇감을 번번이 놓치지만
무렴히 주먹 움켜쥐고
먼 비행을 준비한다

황사비

적장을
끌어안고
천 길 벼랑 돌아가서

장렬히 몸을 던진
논개의 핏자국이

후두둑 꽃으로 핀다
진동하는
흙 비린내

과메기

갈기 세운 파도 속을 전장처럼 누비다가
방심한 그 순간에 그물 속 영어가 되어
그 누구 죄 대속하듯
덕장에 걸린 꽁치

비늘 옷 벗겨지고 갈비뼈가 잘려나도
소리 삼킨 풍경처럼 적멸의 시간 속에
한겨울 풍장 치르는
활자 없는 경전이다

해풍에 맞서면서 제 습성 다 말리면
박제된 혈맥마다 멎은 생피 다시 돌아
또 한 번 새 목숨 입고
살 오르는 과메기

노동의 허리끈 풀며 불 지피는 사내들
한 바다 출렁이던 오랜 꿈을 잡기 위해
소주잔 기울일 적에
맛깔진 안주가 된다

폭염, 아프리카

구름도 씨가 마른 한여름 땡볕 아래
날 선 가위질로 귀를 찢는 매미 소리
촘촘히 박음질하듯
한더위를 누빈다

눈앞에 너울거리는 화면 속 아프리카여
거추장스런 옷을 버린 밀림 속 힘바족의
타버린 고구마 같은
엉덩이는 무사한가?

겹겹의 문명 껴입고 오늘을 사는 나는
난감한 북위 37도 아득한 아프리카에서
은밀한 그 곳 가린 채
정글 집을 그린다

고춧대, 말라위 여인

올망졸망 끝물 단 채
서리 맞은 고춧대들

식솔을 끌어안은
저 청상의 말라위 여인

차례로 빈 젖 물리며
빈사로 버티고 있다

* 말라위 : 아프리카 최빈국.

제 5 부

두벌 꽃

하짓날 아침에
불두화 피다
두 벌   꽃
홍   매   화
익을   무렵
뿌리에 대하여
죽   순
민달팽이 할매
두   루   미
수분수受粉樹
분   재
월 류 봉 에 서
고로쇠나무에게
명 이 나 물

하짓날 아침에

두둑한
하루해가
돈 봉투면 좋겠다

하루만 눈 질끈 감고
헤프게 질러도 될

떡 하니
백지수표 한 장
덤으로 들어 있는

불두화 피다

어제 꽃 진 그 자리에
내일은 열매 맺고

상처도 꽃이 되면
새살 돋아 아문다며

등을 켠
온화한 말씀

설법으로
벙근다

두벌 꽃

한여름 목련나무에 두벌 꽃이 피었다
은막의 여배우가 관객 앞에 다시 선 듯
짙푸른 잎들의 갈채
열연하는
앙코르

꽃 피는 그 봄날에 활짝 피고 싶었지만
이차저차 하다가 좋은 때 다 놓치고
쭉정이 졸음을 털며
한숨지을
즈음에

실낱같은 가망 지펴 사윈 불씨 되살릴까
타오르는 잉걸불로 혼과 신을 휘감고
두벌 꽃 활짝 피우며
긋고 싶다,
일획을

홍매화

도둑눈에
흠칫 놀라
터트린
붉은 입술

기왕에 내친걸음
더 붉게 단장하고

봄 마중
나온 여인을
희롱하듯
웃는다

익을 무렵

열흘 붉은
꽃이라지만
수사는 더 짧아도 좋다

양귀비 꽃잎 떨치고
안으로 씨앗 품듯

지금은
현란한 말 버리고
만 평 마음 쟁일 때

뿌리에 대하여

꽃 피고 열매 맺는 세상의 모든 나무
잎과 가지 우거지고 열매를 맺게 하는
깊숙한 배후인 채로
함묵하는 뿌리 있다

명리를 좇지 않고 존재를 묻었지만
한 하늘 떠받들고 제 키를 키우면서
지상의 새판을 짜는
그 잠행은 뜨겁다

죽순

비 그친
왕대밭에
동자승이 납시었다

발끝에서 머리끝까지
고깔을 뒤집어쓰고

큰스님
흉내를 내며
반야심경 외고 있다

민달팽이 할매

늙수레한 민달팽이 배추 잎을 갉고 있다

집도 절도 없지만 부족한 것도 없다고

배불리 먹었단 표시

푸른똥을 싸놓고

산전수전 다 겪고 단맛 쓴맛 다 봤으니

"이제, 날 잡아 가소" 저승에 방 붙이고

여생을 더듬거리는

물컹한 저 한 생生

두루미

며칠째 소복을 하고 날아드는 외두루미
길고 깡마른 다리 삽자루처럼 꽂아 놓고
한나절 물꼬 지키며
우두커니 서 있다

어쩐지 낯이 익다, 그 할배를 빼닮았다
바짓가랑이 둘둘 걷고 날마다 두렁 보던
한동안 통 뵈지 않아
안부가 궁금하던

수분수受粉樹

과수원에 드문드문 수분수가 섞여 있다
철 되면 무성한 꽃으로 벌들을 유인하여
다른 꽃 결실을 돕는
가루받이용 나무다

남 뒤치다꺼리에 이력 붙은 선수이다
사명감 꽃피며 사는 우리네 김씨처럼
직함도 명함도 없이
거기까지가 전부다

분재

1.
베란다 양지쪽에 한 여인이 앉아 있다
단정한 매무새와 우아하고 고운 자태

뭇 시선 붙잡아 두는
한 품새로 살고 있다

2.
사랑의 이름으로 길들여진 너 분재여
뿌리를 드러낸 채 살아야 하는 운명

그 이름 버리고 싶다
야성으로 살고 싶다

월류봉에서

산은 산이라 높고
물은 물이라 깊은데

달은 왜 하필 여기서
가던 길을 잃었는지

알겠다,
초강천 그 물길이
왜 나를 에워싸는지

고로쇠나무에게

남 위해 눈물 한 번 흘려 본 적 없는 내가
상처로 흘러내린 달달한 눈물 즙을
부실한 뼈 위한다고
보약처럼 마신다

잎눈도 못 틔우고 햇가지도 못 뻗은 채
등골 숭숭 뚫리고 골수마저 강탈 당한
이른 봄 고로쇠나무여
무탈하고 강녕한가?

왼손이 한 일들을 오른손이 모르게*
베풀고 다 나누는 익명의 천사들 앞에
헛산 듯 부끄러워서
삼가 무릎 꿇는다

* 마태복음 6장 3절.

91

명이나물

하늘이 점지해 준 울릉도에 태를 묻고
산비탈 풀섶 사이 터 잡아 섞여 살며
파도가 철썩일 때마다
마늘 향을 품어 왔다

저마다 사연 갖고 연을 맺은 섬사람들
춘궁기 고픈 세상 목숨 이어 건너라고
눈 속에 뿌리를 묻고
어린잎을 내민다

외곬 혹은 무의탁의 여정

정수자_ 시인 · 문학박사

외곬 혹은 무의탁의 여정

정수자

1.

시 앞에 서면 고독이나 결핍 같은 것들이 같이 서기 십
상이다. 반대의 경우에는 시와 멀어질 우려가 높다는 것
이다. 그간의 경험이나 주변의 사례를 보면 대부분 그런
것 같다. 이경옥 시인의 두 번째 시집 원고를 일별하면서
도 그 말이 시행과 행간에 겹쳐지곤 했다. 많이 아팠던 시
간을 건너온 흔적에서 고독이 자주 배어나오기 때문이다.
물론 시인과 시적 주체가 일치하지 않는 것은 이제 상식이
다. 하지만 시가 시인의 삶과 크게 괴리되지 않는 예가 아
직도 많으므로 작품에서 시인의 삶과 모습을 찾고는 한다.

이경옥 시인이 등단(1995년, 〈현대시조〉)하고도 한참 후
에야 첫 시집(『막사발의 노래』, 고요아침, 2010)을 낸 것도
그런 연유인 듯하다. 특히 암이라는 삶의 복병을 만나 투
병을 한 때문인 것으로 짐작된다. 하지만 "어차피/ 한 번은
피는 거/ 좀 늦은들/ 어떠랴"(「늦꽃을 위하여」) 하며 느긋

이 가는 태도에서 좀 늦는 게 뭐 대수냐는 자신만의 길도 보여준다. 그렇게 나만의 꽃을 내 식으로 한번 피워보리라고 시의 삶바를 다잡아 간다면 오래 겨룬 끝의 응답도 마침내는 받을 것이다. 열망의 배반으로 더 사랑하게 되는 시와 그에 따른 깊은 고독을 기꺼이 감내한다면 말이다.

"인간은 사회 속에서 어떤 사물을 배울 수 있을 것이다. 그러나 영감은 오직 고독에서만 얻을 수 있다"는 괴테Goethe의 말을 위안 삼을 밤이 있다. 시정의 일로 턱없이 분주할 때 죽비로 맞는 밤도 있다. 그리하여 다시 찾은 고독과 뜨겁게 순도 높게 대면하면 그냥 지나치려던 시도 우리를 좀 돌아보지 않던가. 저만 생각하라는 애인처럼 '올인'을 원하는 게 시라서 대충 버무려 속일 수가 없는 것이다. 그러니 암 투병 중에도 시의 힘을 믿으며 나아간 이경옥의 시적 궤적은 남다를 수밖에 없다. 그녀가 힘껏 걸어온 "단벌 궤적"의 길로 좀 더 들어가 본다.

2.

첫사랑은 누구나 거치는 사춘기 열병 같은 것. 대부분 놓쳐 버린 사랑이거나 혼자 애태운 사랑일 가능성이 크다. 그렇게 이루어지지 않은 사랑, '놓친 기차'이기에 더 아름답고 평생 그리움으로 남는다. 그래서 생이 고단할 때 가끔 꺼내보게 하는 그런 점이야말로 첫사랑의 본질이고 사랑의 속성 같은 것이라고 그간의 많은 첫사랑 이야기가 증명한다. 이경옥 시인에게는 그런 사랑의 하나가 문학으로 집

약되며 시에 투영되어 온 것으로 보인다. 다음 작품은 시인이 여지없이 붙잡힌 어떤 "외곬"의 길을 선명하게 나타난다.

빌려 입은 옷처럼 어색하고 태 안 나도
여벌 없는 앞가림인 양 선택의 여지 없이

뻑뻑한 스무 살 단추
묵묵히 끼웠었다

훌훌히 벗지 못해 절도록 입은 남루
지천명 나이를 물고 눈시울이 붉어라

땀 냄새 속속들이 밴
내 단벌의 오랜 궤적

―「외곬」전문

이 시조에서 가슴에 박히듯 와 닿는 것은 "내 단벌의 오랜 궤적"이다. 그것은 "뻑뻑한 스무 살 단추/ 묵묵히 끼웠었다"는 구절에서 유추할 수 있는데, 다름 아닌 문학에의 사랑이자 선택으로 짐작된다. "여벌 없는 앞가림인 양 선택의 여지 없이" 빠져든 길이라면 그 앞에 놓인 길은 "외곬"의 기나긴 사랑일 터. 하늘의 뜻을 알 만한 "지천명 나이를 물고"서도 "눈시울이 붉어"진다니, 그야말로 배반 당해도 좋아할 수밖에 없는 순정한 사랑이다. 시를 향한 지난한 여정에 흘려도 좋을 값진 눈물이라 하겠다. 오죽하면 "절도록 입은 남루"를 벗을 수도 없나 싶어진다. 하지만 시에 저당 잡힌 자들의 운명이 대저 그러하리라.

　잠깐 치고 가는 비의 묘사에서도 시의 흔적이 어른대는 것은 그런 까닭이겠다.

　　뜬금없이 왔다가는

　　황망하게 떠나갔네

　　후두둑 소낙비처럼

　　가슴에 빗금 긋고

　　잡지도 놓지도 못한

　　신기루 그 사랑은

　　　　　　　　　　　　　－「여우비」 전문

　여우비는 해가 나는 중에도 뿌리고 가는 비라서 참 독특한 맛과 감각을 깨우는 이름이다. 그런데 예쁜 이름이라고만 보기엔 왠지 속에 무언가 감추고 있는 듯하니 '여우 같은'이라는 수식어와도 잘 어울리기 때문이겠다. 일상에서도 흔히 사용하는 여우 같다는 말은 교활하거나 애교가 많은 여자에게 혹은 깜찍하고 영악한 여자아이에게 갖다 붙이던 표현이니 말이다. 구름 속에 숨어 있다 햇살 속에서도 뿌리고 가는 여우비나 여우의 특성이 다 겹치는 점에서 이런 표현들은 묘한 여운을 지닌다. 그런 점에서 여우비를 "잡지도 놓지도 못한/ 신기루 그 사랑"이라고 그린 대목도 잘 어울린다. 잠깐 다녀가는 비이건만 오래 남는 잔영 같은 게 똑 신기루의 환영 같고 사랑의 한 속성 같기도 하다. 그런데 다시 들여다보면 영감 또한 똑 신기루 같을 때가 많아 시적 순간과도 비슷하다. 잡으려고 하면 없어지는 시적 순간들, 그 몽롱하고 안타까운 뒤끝에서 애태운 적이 얼마나 많은지, 놓친 순간들의 잔상들이 겹치는 대목이다.

　이처럼 시가 마음만큼 와 주지 않고 속만 타는 순간은 자주 겪는 일이다. 내 안에는 뭔가 있는데 시로 터지지 않아 입이 마르는 심정은 이경옥 시인에게서도 종종 보인다. "파지 속 묻혀 버린 소심한 문장이여" 외치다가도 "재가 된 불씨 살려 늦은 시촉 밝히"는 밤이 잦았던 것이다. 하지만 그마저 "목젖에 잠기"(「다시 말을 벼리다」)고 나오지를 않아 자신의 가슴을 치기도 한다. 그래서 고추를 말리다가도 "매운 결 오지게 채우고/ 벌떡, 문장이 선다"(「고추를 말리며」)고 필생의 화두 같은 "절창"을 그리며 "문장"을 불러 세우는 것이겠다. 시의 길에 들어선 이상 자신의 절창 한번 뽑아보고자 "늦은 시촉"을 계속 밝히는 시인의 간절함이 처연하다.

3.

대저 시인은 낮고 외지고 아프고 쓸쓸한 곳으로 눈이 더 가는 사람들이다. 이경옥 시집에도 그런 쪽에 더 깊이 가 닿는 시선과 마음을 보여 주는 작품이 많다. 시인 자신이 암을 이겨 낸 덕인지, 세상의 그늘 쪽으로 마음을 더 보내는 시편이 곡진히 닿는 것이다. 그런 중에도 버려진 존재에 대한 연민이 잘 드러나는 대표적인 작품으로 「무의탁 못」이 있다.

땔감으로 부려 놓은 폐자재 서까래에
뒤틀린 대못 하나 불편하게 박혀 있다
녹슬은 시간에 기대어
항변도 변명도 않고

대들보 깊숙이 박혀 안착하지 못한 죄로
땔감에 휩쓸리어 노숙으로 뒤척이다
수습할 시신도 없이
잿불 속에 파묻힐까

꼿꼿함 잃은 순간 못은 못이 아니라서
뒤집기 한판은커녕 명함도 못 내밀고
내쳐져 한데로 내몰린
무의탁의 저 은유

−「무의탁 못」 전문

못은 그동안 여러 시인이 자주 써 온 흔한 소재로 치부할 수도 있는 대상이다. 생의 다양한 비유이자 굳건히 박혀 있는 것의 상징처럼 못에 대한 성찰이 꽤 있었던 데다 못에 대한 시로만 한 권의 시집을 낸 시인(김종철, 『못에 관한 명상』)도 있었기 때문이다. 게다가 못 박힘의 가장 역사적이고 경탄스러운 예로 십자가에 못 박힌 예수라는 강렬한 종교적인 상징도 있다. 몸에 대못이 박힌 채 골고다 언덕을 오르던 모습이 지금도 참혹한 형상으로 조각되어 벽에 걸리며 우리를 다시 깨우곤 한다. 그럼에도 이 시조는 그간의 못으로 표현해 온 의미들과 다른 것을 담고 있어 주목된다. 그것은 "무의탁"이라는 발견과 그 표현이 보여주는 신선한 반전이다.

못이란 본래 무엇인가의 보조자이자 붙박이 운명이라는 특성을 갖고 있다. 사람이 망치로 박으면 박힌 곳이 곧 제자리라서 누군가 빼내지 않으면 벗어날 수 없는 게 못의 처지인 것이다. 그런데 시인은 옴짝달싹 못 하는 못들의 못 박힌 팔자를 달리 읽어 "무의탁"이라는 놀라운 표현을 불러낸다. "폐자재 서까래"에 "불편하게 박혀 있"던 "뒤틀린 대못 하나". 그저 지나칠 수 있는 버려진 입장에 불과한 모습이지만 "노숙으로 뒤척이"는 형상에 빗대 놓고 보면 그 함의가 사뭇 달라진다. 어차피 버려질 "폐자재" 속의 못에서 인생사의 노숙을 겹쳐 보면 그 반대의 입장, 즉 수많은 붙박이 못들의 의미도 환기하기 때문이다. 게다가 그 못들의 역할을 다시 보면 자신의 몸에 자녀들을 걸어 키워 온

이 땅의 아버지이고 어머니일 수도 있다는 생각을 촉발한다. 이 작품이 거기까지 나아가는 성찰을 암시하지는 않지만 "무의탁"에 "못"을 조합한 것만으로도 그 발견에 값하는 표현의 효과를 지닌다 하겠다.

악마의 지렁 같은 혹은 모스 부호 같은
유령의 바이러스 소 몇 마리 훔치더니
혹한의 경계망 뚫고
한반도를 점령했다

완벽한 씨황소가 쿨룩쿨룩 주저앉고
피 한 방울 안 섞인 돼지 염소 사슴까지
발가락 얼추 닮은 죄로
줄초상을 당했다

몇 년의 목숨 값에 넋을 놓은 초로의 눈
한낮의 워낭 소리 십자가를 매달고서
골고다 언덕으로 간
저 예수의 행렬들

—「그 겨울, 구제역 한파」 전문

"구제역"이라는 때 아닌 한파는 돌아보기도 끔찍한 일이었다. 우리는 영양가 높은 맛과 농사 같은 삶에 이용만 해 오던 가축들에 병이 생기자마자 대대적인 살처분을 감행

했다. 너무 많은 목숨을 산 채로 파묻었으니 돌아볼수록 인간의 이기적이고 냉혹한 학살이었다. 하지만 "씨황소"가 "쿨룩쿨룩 주저앉"으며 쓰러지는 전염병의 확산이 인간에게는 크나큰 재앙임도 어쩔 수 없는 현실이다. 그렇다 할지라도 "발가락 얼추 닮은 죄"마다 누명을 씌우듯 거대한 죽음의 구덩이에 쓸어 묻었으니 이 시조는 그에 대한 반성에 다름 아니다. 사실 그런 살처분이 언제 어떻게 우리에게 되돌아올지 모를 일이다. 필요할 때는 먹이고 어르고 키워 잡아먹으며 즐기다 병이라도 생기면 그대로 가차 없이 처단해버리는 인간들의 자기중심적 행태가 훗날 어떤 재앙으로 역습을 해올지 짚어보면 참으로 두려운 일이다. 시인이 "골고다 언덕으로 간/ 저 예수의 행렬들"이라는 비유로 남다른 애도를 보내는 것도 그런 사정을 유념한 까닭이다.

알고 보면 세상은 "태양이 빛날수록 그림자 길어지듯" 빛과 어둠이 비례하는 곳이기도 하다. 그런데 어둠 속을 곰곰 짚어보면 "만발한/ 웃음꽃 안에/ 울음 가득"(「감정노동자」) 담겨 있다는 것도 새삼 보인다. 그런 곳으로 촉수가 더 뻗어가는 시인은 때때로 강요된 웃음 노동자의 대변자를 자처하기도 한다. 시인을 세상의 울음 대신 울어 주는 곡비哭婢에 비유하는 것처럼, 직업적으로 강요된 웃음 속에 가둬 둘 수밖에 없는 속울음도 읽어 내며 사회적 그늘 속의 또 다른 면면을 비춰 주는 것이다. 그런 역할을 자임할 때 이경옥 시인의 시조도 더 진중해지며 삶을 끌어안는 품도 넓어지는 것을 볼 수 있다.

4.

다 늦어 시에 빠지다 보면 "사는 법"에 대한 회의가 더 많이 밀려들 수 있을 것이다. 산다는 것 자체가 회의를 거듭하며 나날을 넘어가는 거라지만, 암이라는 큰 위기를 만나 그것을 이겨 내는 과정에서는 많은 생각이 일고 졌을 것이다. 생사를 오가는 무서운 고통 앞에서는 그야말로 "뭣이 중헌디" 같은 세간의 말이 새록새록 되씹어졌을 법하다. 그리고 삶에 대한 애착이나 반성은 물론 지금까지와는 다른 위치에 자신을 세워 놓고 조금 더 객관적인 시선으로 볼 수도 있을 것이다. 그런 식으로 객관화한 시인의 모습은 다음 시조에 잘 나타난다.

천지간 날벼락 치고 사는 게 지뢰밭인
비바람에 덜컹대는 더 얇아진 밤을 베고
꽃잠에 들지 못하여
뒤척이는 사람아

보게나, 저 산비탈 늘 푸른 소나무는
하늘을 움켜쥐고 바위 틈 비집고 서서
비바람 다 품어 안고
우렁우렁 자라는 거

사는 건 저 라싸의 오체투지 순례의 길
사막을 건너가는 외로운 낙타처럼

소소풀 질겅거리며

푸르게 숨 고르는

―「사는 법」 전문

　"꽃잠에 들지 못하여/ 뒤척이는 사람"은 분명 자신일 터, "천지간 날벼락" 치는 밤은 누구에게나 길고도 무서운 시간이다. 게다가 앓고 있을 때라면 "비바람에 덜컹대는" 뭇 생명의 고통이 더 첨예하게 파고들 것이다. 그럴 때 "하늘을 움켜쥐고 바위 틈 비집고 서서" 자리를 지키며 그리고 마침내 "비바람 다 품어 안고/ 우렁우렁 자라는" 생명은 큰 힘을 줄 것이다. 그것도 "늘 푸른 소나무"라면 더 큰 위안이 될 수 있다. 그렇듯 굳세고 푸른 생명의 힘을 보며 시인은 안도와 더불어 묘한 일체감을 느낀다. "사는 건 저 라싸의 오체투지 순례의 길/ 사막을 건너가는 외로운 낙타"라고 동일시하는 것은 그렇게 강인하게 살아서 "푸르게 숨 고르는" 생명으로 서고자 하는 생명 의지에 다름 아니다. 스스로를 순례자라 칭할 수 있는 것도 "사막을 건너가는 외로운 낙타"의 고행에 빗대어 볼 수 있는 투병의 시간 속이기 때문일 것이다.

　늙수레한 민달팽이 배추 잎을 갉고 있다

　집도 절도 없지만 부족한 것도 없다고

배불리 먹었단 표시

푸른똥을 싸놓고

산전수전 다 겪고 단맛 쓴맛 다 봤으니

"이제, 날 잡아 가소" 저승에 방 붙이고

여생을 더듬거리는

물컹한 저 한 생生

─「민달팽이 할매」 전문

옛 생각이 그렁그렁 장물로 고인 장독
울 엄마 맵짠 생애를 고스란히 비운다
가슴을 바스락대며
소금꽃이 이운다

─「씨간장을 비우며」 부분

　　위의 시조 두 편도 노인의 문제를 보여주면서 생명에 대한 전언을 넌지시 담고 있다. 달팽이는 시에 너무 많이 나와 식상하기 쉬운 소재인데 "늙수레한 민달팽이"로 남다른 관점을 갖고 간다. 이어 달팽이의 특성으로 많이 다룬 무소유 같은 모습을 "집도 절도 없지만 부족한 것도 없다고" 읽어준다. 그 대목은 저 하나 달랑 끌고 다니는 민달팽이 모습을 부각하며 "여생을 더듬거리는"으로 은유할 예비였다. 곧 "물컹한 저 한 생生"으로 집약하며 수많은 달팽이 속에 "할매" 달팽이 상像 하나를 새롭게 새겨 놓기 때문이다. 작아지고 약해진 몸을 오그린 채 기어 다니는 여느 할머니와 본래 그런 모습을 지닌 민달팽이의 유사성을 잘 엮어 '민달팽이 할매'라는 절묘한 비유를 탄생시킨 것이다.

"씨간장을 비우며" 역시 할머니 같은 존재이자 씨를 이어 가는 중요한 역할을 겸하는 존재다. 간장만 들여다봐도 할머니처럼 졸아든 모습과 냄새를 지닌 데다 "씨"가 들어간 말의 효과나 역할이 모두 할머니에 부합하는 것이기 때문이다. 모계로 이어지는 간장의 씨 같은 것, 그것은 "울 엄마 맵짠 생애를 고스란히 비운다" 해도 할머니나 진배 없는 모습이자 전승이다. 그런 간장독이 "가슴을 바스락대며/ 소금꽃이 이운다"니, 맵짜서 더 아름답게 이우는 여인들의 한숨 소리가 들리는 것만 같다. 가슴 시리게 피운 소금꽃 이우는 소리에 같이 가슴이 바스락대는 듯, 아름다운 이미지의 소리에 젖어들지 않을 수 없다.

겨울 과수원에 구조조정 한창이다
실한 열매 맺기 위해 수세樹勢를 조절하며
부실한 나뭇가지를
가차 없이 잘라낸다

영문도 모르는 채 해고 당한 가지들은

적당히 분류되어 쓰임새를 찾아가고

뿌리는 생존을 위해

땅 속 깊이 발 뻗는다

칼바람 마주한 채 중심을 꼿꼿이 잡고

생살 도려 낸 환부 환골탈태로 아물리는

과원의 통과의례는

겨울에도 뜨겁다

-「어떤 구조조정」 전문

　한 사람의 일생에서 가지치기는 얼마나 될까, 되짚게 하
는 작품이다. 개인 사정에 따라 다르겠지만 세어보기 두려
울 만큼 많은 가지치기를 거치며 지금 이 자리에 앉아 있거
나 살아가는 게 아닌가 싶다. 시인이 주목한 겨울 과수원
은 그래서 인생의 축소판이자 우리가 직면한 현실의 은유
다. "구조조정이 한창"인 겨울 과수원은 우리네 일상과 다
를 바 없이 "부실한 나뭇가지를/ 가차 없이 잘라"낸다. 그
래야 더 맛나고 튼실한 과일을 주는 게 과수원의 가지치기
이고 그게 또 필수 과정이라 비난할 일은 아니다. 하지만
인간 세상의 가지치기, 즉 구조조정은 비판이나 저항이 거
셀 수밖에 없다. 대부분 회사 측의 효율적 이윤 추구를 위
한 구조조정인 데다 그에 따라 일어나는 '해고란 곧 살인'
이라는 총체적 위기를 유발하기 때문이다. 직장에서 잘리

는 순간 실업자가 되면 그 후는 재취업도 어렵고 생활이 깨지며 하위계층으로 추락하는 게 현실이니 구조조정 당하는 입장에서는 목숨 걸고 투쟁할 수밖에 없는 절박한 사정이다. 그런데 과수원의 가지치기는 일종의 "통과의례"라는 점에서 다르고, 그런 과정을 "환골탈태로 아물"려 가는 한 겨울을 더 뜨겁게 날 수 있다고 그릴 수 있는 것이겠다.

사는 것은 늘 도전과 응전의 연속이다. 살과의 전쟁이 시작된 이래 다이어트도 그런 자기 도전과 응전의 반복이다. 하지만 "먼지도 반백년 쌓이면/ 제 무게를 갖는 법"(「다이어트에 대한 변명」)이라 여기며 어느 선에서는 자신에게 면죄부를 주기도 한다. 다이어트에 도전하고 실패도 하는 동안 차라리 자신의 몸을 그대로 인정하고 조금 편히 살자는 쪽을 택하는 모습은 그래서 인간다운 친근함으로 다가온다. 암 투병과 극복만도 극한의 고통 속일 텐데 다이어트까지 신경 쓰는 것은 너무 큰 무리니 말이다. 그런 점에서 몸보다 정신의 다이어트, 생활 속 과잉과 욕망의 다이어트, 그런 것들이 오히려 의미 있는 감량이라고 다시금 짚어보게 된다.

5.
이경옥 시인의 두 번째 시집에는 고통을 이겨 온 생명의 너그러운 품이 곳곳에 스며들어 있다. "외곬"의 사랑을 어찌하지 못해서 "신기루 그 사랑"을 내내 좇다가도 아픈 몸을 돌아보며 여유를 찾아야 했던 때문이겠다. 그런 자신의 모습이 때로는 더 힘들었던 것 같지만 그 시간을 통해 깊어가는 성찰도 보인다. 간간이 터지는 탄식이나 회한의 행간에서는 더 곡진한 "외곬"의 사랑이 배어나오기도 한다. 투병 중에도 외면할 수 없던 시를 향하는 대책 없는 욕망 앞에서 밤이야말로 가슴이 한없이 바스락대는 소금꽃 같은 시간이었음을 보여 주는 시편들이다.

시인은 이제 "앉은 듯 서서 살던 휘황한 불빛 도시"(「즐거운 전원」)를 벗어부치고 전원에서의 삶을 새롭게 찾은 듯하다. 세간의 시선이나 기준이 아닌 자신에게 맞춤한 치수의 삶을 경영하는 게 실은 사람살이의 참맛이요 진면목일 것이다. 하지만 전원생활이 건강에 좋고 여러 모로 즐거워도 시적 안주로 가는 것을 경계해야 한다. 시인이 그토록 간절히 추구하는 자신만의 시적 궤적을 위해서는 무엇보다 "무의탁"의 정신과 자세가 중요하다고 보기 때문이다. 모쪼록 여벌 없이 외곬로 구해 온 시집의 메아리가 널리 번지기를.

한국정형시 008

무의탁 못
ⓒ 이경옥, 2017

1판 1쇄 인쇄 ㅣ 2017년 04월 01일
1판 1쇄 발행 ㅣ 2017년 04월 05일
지 은 이 ㅣ 이경옥
펴 낸 이 ㅣ 이영희
펴 낸 곳 ㅣ 이미지북
출판등록 ㅣ 제324-2016-000030호(1999. 4. 10)
주   소 ㅣ 서울특별시 강동구 양재대로122가길 6(길동) 202호
대표전화 ㅣ 02-483-7025, 팩시밀리 : 02-483-3213
e - m a i l ㅣ ibook99@naver.com

ISBN 978-89-89224-37-2 03810

* 저자와의 협의에 의해 인지는 생략합니다.
* 잘못된 책은 바꾸어 드립니다.
* 저작권법 보호를 받는 저작물이므로 무단 전재와 복제를 금합니다.

이 도서의 국립중앙도서관 출판예정도서목록(CIP)은 서지정보유통지원시스템 홈페이지(http://seoji.nl.go.kr)와 국가자료공동목록시스템(http://www.nl.go.kr/kolisnet)에서 이용하실 수 있습니다. (CIP제어번호 : CIP2017007175)